LA PIPE CASSÉE,

POËME

EPITRAGI-POISSARDI-HÉROÏ-COMIQUE.

PAR VADÉ.

A PARIS,

Chez TIGER, Impimeur-Libraire,
Place de Cambray.

CHANT PREMIER.

Je chante, sans crier bien haut,
Ni plus doucement qu'il ne faut,
La destruction de la Pipe
De l'infortuné la Tulipe.

On sait que sur le Port aux Blés,
Maints Forts à bras sont assemblés;
L'un pour, sur ses épaules larges,
Porter ballots, fardeaux ou charges;
Celui-ci pour les débarquer,
Et l'autre enfin pour les marquer.

On sait, ou peut-être on ignore,
Que tous les jours avant l'aurore,
Ces beaux muguets à bran-de-vin,
Vont chez la veuve Rabavin,
Tremper leur cœur dans l'eau-de-vie,
Et fumer, s'ils en ont envie.

Un jour que se trouvant bien là,
Et que sur l'air du beau lanla,
Ils chantoient à tour de mâchoire,
Maints et maints cantiques à boire,
Que gueule fraîche et les pieds chauds,
Ils se fichoient de leurs bachots,
Sans réfléchir qu'un jour ouvrable
N'étoit point fait pour tenir table.
Hélas ! la femme de l'un d'eux,
Trouble plaisir et boutte-feux,

Arrive et retrousse ses manches :
Déjà ses poings sont sur ses hanches,
Déjà tout tremble ; on ne dit mot ,
Plus de chansons , chacun est sot.

 Jean-Louis , que ceci regarde ,
Veut appaiser sa femme hagarde ;
Mais en vain est-on complaisant
Avec un esprit malfaisant.
« Tiens, lui dit-il, bois une goutte....
Vas-t'en , chien , que l'aze te rime ,
Lui dit-elle en levant un bras ,
Saquergué , tu me le payeras ; »
Et bravement vous lui détache
Un coup de poing sur la moustache.
Jérôme lui saisit les mains ,
Dont les jeux étoient inhumains.
« La paix , dit-il morgué comère ,
Vous avez tort...Allez , copère ,
Vous ne valez pas mieux que lui :
Vrament, ce n'est pas d'aujourd'hui
Qu'on vous connoît , gueux que vous
    êtes.
A votre avis , les jours de fêtes
N'arrivont-ils pas assez tôt ?
Jarni , si je prends mon sabot ,
Je vous en torcherai la gueule !
Puis-je gagner assez , moi seule ,
Pour nourrir quatre chiens d'enfans
Qui mangeons comme des satans?
Eh ! ma fille , qu'est à nourrice?

La pauvre enfant ? Dieu la bénisse,
Un jour alle aura ben du mal !
Tu me réduis à l'Hôpital.
Jérôme , lâche-moi , j'enrage.
Ah ! tu vas voir un bon ménage,
Vas , sac à vin , crêve , maudit ! »
    A peine eut-elle ceci dit ,
Qu'on vit renforcer l'embassade
D'un duo femelle et maussade.
Jérôme voyant sa moitié ,
Rit à l'envers , frappe du pié ;
La Tulipe avisant la sienne ,
Montée en belle et bonne chienne,
Eût mieux aimé voir un serpent ,
Ou le beau-fils * qui rompt et pend
Ceux qui point dans leur lit ne
        meurent.
Enfin tous interdits , demeurent
Dans un silence furieux.
L'une écrase l'autre des yeux :
Mais la grosse et rouge Nicole,
Recouvrant enfin la parole ,
Ainsi que les gestes mignards ,
Dit ces mots en termes poissards :
    » Vous vlà donc , tableaux de la
        Grève ,
Dieu me pardonne ! et qu'il vous crêve ;
Saint Cartouche est votre patron.
Françoise , tiens ben mau chaudron.

* Le Bourreau.

» Allons, vilain coulis d'emplâtre,
Un diable et puis vous trois font quatre.
Marionettes du pilori,
Reste de farcin mal guéri ;
Enfans trouvés, dans d'la paille,
Sans nous vous faites donc ripaille,
Visages à faire des culs,
Et trop heureux d'être cocus?...
Cocus, interrompit Françoise,
Nicole, ne cherchons pas noise :
Si ton chien d'homme est dans le cas,
Tant pis ; mais le mien ne l'est pas....
Il l'est...T'as menti...Qui, moi! Paffe.
Un soufflet. Même pataraphe
Est ripostée. Autres soufflets ,
Autres rendus. Adieu bonnets ;
Fichus de suivre la coeffure ,
Tétons bleux , rousse chevelure ,
De se montrer aux spectateurs. "
Le feu , la rage au lieu de pleurs ,
Sortent des yeux de chaque actrice ,
Et dans ce galant exercice ,
Elles alloient enfin périr ,
Si , forcé de les secourir ,
On ne l'eût fait. Jean se dépêche
De puiser un beau sceau d'eau fraîche ;
Et de nos braves s'approchant ,
Les tranquillise en leur lâchant
Le tout à travers les oreilles ,
Ce remède fit des merveilles ;

On but beaucoup par là-dessus ,
Et bientôt il n'y parut plus :
Les voilà d'accord. La paix faite,
Jean-Louis chante , et l'on répète :
Or, voici donc ce qu'on chanta ,
Et ce que chacun répéta.

CHANSON DE MANON GIROUX.

Queu qui veut savoir l'histoire
    De Manon Giroux.
I l'ont encore dans la mémoire ,
    Y accourez tretous :
All' n'est pas guère à sa gloire ,
    Mais dam voyez-vous ,
C'est qu'quand on zaim tant à boire
    C'est pus fort que nous.

Pour entrer dans la maquière
    Faut savoir d'abord ,
Qu'alle a fait long-tems la fière
    Le soir sur le port :
Les Messieurs de not barrière
    D'sous l'bras la prenant ,
Alle en avoit par darrière
    Et pis par devant.

Bachot de la Guarnoillière
    S'croyoit son futur ,
On l'avoit fait son compère
    Pour qu'ça fût pus sûr :

A 4

Manon fesant d'la z'hupée
  Comm' quand on za d'quoi,
Dit, i m'faut un homme d'épée,
  N'pensez plus t'à moi.

Bachot de la parférence
  Piqué comme un chien,
Pour afin d'avoir vengeance
  Fait semblant de rien,
Manzelle, n'y a pas de réplique,
  Dit-il, mais demain,
Quittons-nous, comm' ça s'pratique,
  Le verre à la main.

Ha vraiment, Monsieux, c'est juste,
  Drès demain, c'est fait :
Manzelle Giroux s'ajuste,
  Met son mantelet :
Bachot y tout s'endimanche,
  Prenant Cornichon,
Tous trois vont casser l'éclanche
  Y au premier bouchon.

Vl'à qu'pendant qu'Manon chopine
  Cornichon qui part,
Vers les Commis s'achemine
  Tout comme un mouchart :
Gn'a, dit-il, une marchande,
  Messieux, t'ici près,
All'a de la contrebande
  Tout plein des paquets.

Bachot varsant à sa belle
    Toujours queuques coups,
S'amuse à d'la bagatelle
    Autour des genoux :
D'abord son œil alle roule,
    Dam' lui qui voit ça,
Dit sur vot' respect, ma poule,
    Faut passer par-là.

Alle avoit sa cornette
    Encor de travers ;
Vl'à les Commis en cadenette
    Et z'en habits verds ;
Tout un chacun de surprise
    Tumbit de son haut ;
De voir Manon Giroux grise,
    S'qu'est zun grand défaut !

Quoi ? c'est vous, Mademoiselle,
    Dit l'un de ces Messieux,
Yamant vot' partie est belle,
    Fi qu'ça est zhonteux ;
Est-ce ainsi qu'on se coporte ?
    C'est bon t'a savoir :
Puis tous ils gagnent la porte
    Lui fichant l'bon soir.

Vous que cet exemple touche,
    Ça vous fait bien voir,
Que fille qu'est sur sa bouche,
    Manque à son devoir,

Et par cette historiette
    On z'est convaincu,
Qu'il ne faut pas que l'on pette
    Plus zhaut que le cul.

Alle est drôle, dit la Tulipe,
En bourant de tabac sa pipe ;
Mais buvons t'un coup.... C'est ben /
    dit ;
Si gn'en avoit... J'avons crédit.
C'est, dit Jérôme, pas la peine ;
Allons achever la semaine :
C'est demain dimanche, j'irons
Entendre Vêpres aux Porcherons...

CHANT II.

Voir Paris, sans voir la Courtille,
Où le peuple joyeux fourmille,
Sans fréquenter les Porcherons,
Le rendez-vous des bons lurons,
C'est voir Rome sans voir le Pape.
Aussi ceux à qui rien n'échappe,
Quittent souvent le Luxembourg,
Pour jouir, dans quelque faubourg,
Du spectacle de la ginguette.

Courtille, Porcherons, Villette,
C'est chez vous que puisant ces vers,
Je trouve des tableaux divers

Tableaux vivans où la nature
Peint le grossier en miniature ;
C'est-là que plus d'un Apollon,
Martyrisant le violon,
Jure tout haut sur une corde,
Et d'accord avec la Discorde,
Seconde les rauques gosiers
Des farceaux de tous les quartiers.

C'est aussi là qu'un beau Dimanche,
La Tulipe, en chemise blanche,
Jean-Louis, en chapeau bordé,
Et Jérôme, en toupet cardé,
Chacun d'eux suivi de sa femme,
A l'image de Notre-Dame,
Firent un ample gueuleton.
Sur table un dur dodu dindon,
Vieux comme trois, cuit comme
        quatre,
Sur qui l'appétit doit s'ébattre,
Est servi, coupé, dépecé,
Taillé, rogné, cassé, saussé.
Alors toute la troupe mange
Comme un diable, et boit comme un
        ange.
« A ta santé, toi. Grand marci.
J'allons boire à la tienne aussi.
Eh, Françoise, eh, tiens, si tu l'aime,
Prends ce pilon... Prends-le toi-même,
Chacun peut ben prendre à son goût ;

A 6

En v'là très-ben, et si, v'là tout.
Avons-je pas une salade ?...
Non , non , ça te rendroit malade...
C'n'est qu'quinz'sols... C'en est ben
    vingt ,
Qui nous vaudrons deux pots de vin ;
Pour six une grosse volaille ,
Est autant qu'il faut de mangeaille ;
Pas vrai Jean-Louis ?.. Réponds donc ?
Pas vrai qu'au lieur... Oui, t'as raison ;
Mais varses-nous toujou t'a boire ,
Eh ! vrament ma commère voire ,
Hé vrament ma... Varses tout plein...
Il semble que tu nous le plain...
Moi, mon guieu non, ben du contraire ;
C'est que tu zhausse en haut ton verre.
J'ai tort. Avons-je du vin ? Non.
Parlez donc , monsieux le Garçon ,
Apportez dupivois , hé vite ! »

Aussi-tôt la parole dite ,
On renouvelle l'abreuvoir ;
C'est alors qu'il faisoit beau voir
Cette troupe heureuse et rustique ,
S'égayer dans un choc bachique.
Vous , Courtisans , vous , grands
    Seigneurs ,
Avec tous vos biens, vos honneurs,
Dans vos fêtes je vous défie ,
De mener plus joyeuse vie.

Vos plaisirs vains et préparés
Peuvent-ils être comparés
A ceux dont mes héros s'enivrent?
Sans soins, sans remords ils s'y livrent.
Mais vous, prétendus délicats,
Dans vos magnifiques repas,
Esclaves de la complaisance,
Et gênés au sein de l'aisance,
Prétendez-vous savoir jouir ?
Non ; vous ne savez qu'éblouir.
Avec vos rangs, vos noms, vos titres,
Vous croyez être nos arbitres !
Pauvres gens ! Vos fausses lueurs
N'en imposent qu'à vos flatteurs ;
Votre orgueil nourrit leur bassesse :
Toujours une vapeur épaisse
Sort de leur encens empesté,
Et vous masque la vérité.
Il est un prince que l'on révère,
Pour qui l'univers est sincère,
Qu'on aime sans espérer rien.
Qui?... C'est votre maître et le mien.
Demandez son nom à la Gloire.
C'est assez dit. Parlons de boire.

Cependant las de godailler :
Nos riboteurs veulent payer ;
Pour payer demandent la carte,
Et par dessus un jeu de carte.
Sitôt parlé, sitôt servis ;

« Mais, dit Nicole, à votre avis,
Combien avons-je de dépense,
Monsieur? lisez-nous s'te sentence? »
Le total? « Oui... » Cinquante sous...
« Cinquante sous! Je vous en fous,
C'est trop cher... » C'est trop cher, madame,
Je veux que le diable ait mon ame,
Si je ne vous fais bon marché...
« Allez, monsieux le déhanché,
Vous serez content de la bande ;
Adieu, morceau de contrebande. »

La même table qui servit
D'autel à leur rude appetit,
Sans choix, fut à l'instant choisie,
Pour leur servir de tabagie.
C'est-là que le trio d'époux,
Du hasard éprouvant les coups,
Goboient goujon, couleuvre, anguille,
En jouant à la biscambille,
Un contr'un, écot contre écot,
Tandis que Nicole et Margot,
Faisoient compliment à Françoise,
Sur son casaquin de Siamoise,
Afin que Françoise à son tour,
Civilisât leur propre amour.
(Propre amour! le terme est impropre!
Pour ben dire, on dit amour-propre...)
Soit, je ne veux pas disputer,

Mon but n'est que de raconter.
Mais revenons à notre histoire.
J'en suis, si j'ai bonne mémoire,
A la réponse que faisoit
Françoise, à ce qu'on lui disoit.
« Mon casaquin, leur répond-elle,
Vaut ben ce chiffon de dentelle
Qui vous entoure le cervieau,
C'est comme une fraise de vieau;
Tous ces plis qui sont sur ta tête....
Tu raisonnes comme une bête,
Lui dit Nicole, et pour un peu,
Françoise, tu varrois beau jeu.
Je te louons sur ta parure,
Et tu prends çá pour une injure !
T'as tort.. Mais tort?.. Vante-t'en-zen;
Garde ton casaquin de bran,
Ou manges-le, que nous importe,
Il est à toi, car tu le porte,
Et not' garniture est à nous......
Quoi, dit Margot, vous fâchez-vous?
Queu chien d'train ! Tiens, toi, Fran-
    çoise,
T'as toujours eu l'ame sournoise,
Ton esprit surpasse en noirceur
L'Trésorier * de notre seigneur.
Tais-toi, n'échauffe pas Nicole,
Autrement, tiens, moi, je t'accole....
Toi, m'accoler! ah, je te crains !

* Judas.

Milguieux! si je te prends aux crins!
Tiens, veux-tu voir.. Oui, voyons,
   touche:
Mais touche donc, tu t'effarouche?
Geuse à crapeaux, coffre à graillon,
Tu te pâme, hé, vite un bouillon:
La v'la couleur de sucre d'orge;
L'onguent gris li monte à la gorge,
Ses beaux yeux bleus devenons blancs;
V'la comme tu fais des semblans;
Qand ton Croc veut que tu partage
Avec li ton vilain gagnage ».

A ces mots, Françoise pâlit.
L'ardeur de vaincre la saisit.
Et d'un effort épouventable,
Elle arrache un pied de la table,
Qui d'un bout tombant en sursaut,
Va chercher à terre un tréteau.
De ce coup les cartes sautèrent;
Nos joueurs transis se levèrent;
Mais se levèrent assez tôt,
Pour sauver la pauvre Margot
Du coup qui menaçoit sa vie:
Françoise la suit en furie.
« Je veux, dit-elle, me venger,
A votre barbe la manger.
Comment! qui, moi? j'aurai la honte,
De voir qu'à mon nez on m'affronte!
Ah! j'y perdrois plutôt mon cœur,

Mon cul, ma gorge, mon honneur.
Te vlà donc chienne! Otez-vous, gare.
Elle frape: Jean-Louis pare
D'une main, de l'autre il surprend
Le bâton, et Jérôme prend
A brasse-corps notre harpie.
« Françoise, dit-il, je t'en prie,
Laisses-ça là. Venons-je ici
Pour nous battre? Queu diable, aussi,
Tu veux toujours gouayer les autres,
Et pis ils t'enverront aux piautres;
Chacun son tour : ça, finissons,
Je te prends pour danser; dansons.
Prends Nicole : toi, la Tulipe
Quittes pour un moment ta Pipe,
Morgué, tu fumeras tantôt;
Et toi, Jérôme, prends Margot.
S't'alla des trois qui la première,
Aura de la mauvaise magnière,
J'l'écrasons, alle verra,
Ou le diable m'écrasera.
Monsieux le marchand d'cadence,
Vendez-nous une contredanse,
Sur l'air d'un nouveau cotillon. »

Soudain il sort du violon,
Qui, par sa forme singulière,
Avoit l'air d'une sourricière,
Des sons que les plus fermes rats
Auroient pris pour des cris de chats.

En travaillant au bois flotté ;
Que Jérôme, de son côté,
Comme la Tulippe d'un autre,
Suivant les loix du saint Apôtre,
Aillent chrétiennement chercher
De quoi dîner, souper, coucher ;
Que leurs femmes laborieuses,
De vieux chapeaux fières crieuses,
En gueulant arpentent Paris,
Pour aider leurs pauvres maris.

Lorsque leur Ange tutélaire
Les conduit vers un inventaire,
Pour elles c'est un coup du ciel.
Un jour sur le Pont Saint-Michel,
Il s'en fit un. Elles s'y rendent.
En arrivant elles entendent
A vingt sous la table de bois :
Une fois, deux fois, et trois fois,
Adjugez. « Quoi donc qu'on adjuge !
Tout doucement, monsieux le juge,
Dit Nicole, je mets deux sous......
Par -dessus ? Où donc ? par-dessous ?
Tiens ? Veut-il pas gouayer le monde !
C'est dommage qu'on ne le tonde,
Car ses cheveux sont d'un beau
    blond.»

La mère, vous en savez long,
Dit l'huissier, emportez la table.

Hé mais , vrament monsieux capable.
Reprend Margot ; chacun pour soi...

Hé , par la saguergué , tais-toi ,
Dit Françoise , en haussant l'épaule ,
Laisse monsieux jouer son rôle ;
Vas-tu gueuler jusqu'à demain ,
Notre maître , allez votre train !

Soudain meubles de toute espèce
Furent vendus pièce par pièce ;
Mais notez que chaque achetant
Recevoit son paquet comptant ,
De la part de nos trois commères.
Quiconque poussoit les enchères
Un peu haut , étoit empoigné ,
Et s'en alloit le nez cogné.
Témoin une jeune fringante ,
En mantelet , robe volante ,
En bonnet à grand papillon ,
Qui la dansa , mais tout du long.
Ce fait vaut bien qu'on le distingue ;
C'est à propos d'une seringue ,
Qui par elle mise hors de prix ,
De Françoise excita les cris.

« C'est pour vous , gardez-la dit-elle ;
Hé Margot , vois donc s'te d'moiselle !
Sa figure a , ma foi , bon air ,
C'est un p'tit chef-d'œuvre de chair !

Parlez donc, la belle marchande ?
C'est-t'y pour laver votre viande
Que vous emportez ce bijou ?
Vous vous recurez plus d'un trou.

Vous êtes une impertinente,
Dit la demoiselle tremblante ;
Cessez un propos clandestin.

Allez ? J'n'entendons pas l'latin,
La belle, crandestin vous-même,
Avec son visage à la crême !
Et puis ses deux yeux mitonnés !
Quoi donc qu'alle a d'ssous l'nez,
Qu'est noir ? mon guieu ! c'est une
        mouche ! ₎
Allez, qu'un cent d'Suisses vous bou—
        che !
Pour le coup, mon chien de poulet,
C'est ben la mouche dans du lait.
Quoi ! vous vous en allez, ma Reine !
Adieu ; belle Ange. Ah, la vilaine !
Qui donne à téter à son cu !
Allez, Seringue !... Y penses-tu ?
Dit Margot, veux-tu ben te taire,
Geule de chien, v'là l'Commissaire...
Ça ! Tu gouayes, c'est un Abbé.
Pargué, va, le v'là ben tombé,
S'il vient pour nous ficher la gance.

Mesdames un peu de silence,

Leur dit modestement l'Huissier.
Ensuite il se met à crier
Un juppon d'étamine noire ,
Qu'on prit d'abord pour de la moire ,
Tant les taches l'avoient ondé.
Margot l'ayant bien regardé.
Passe d'un sol. On le lui laisse.
Soudain l'Abbé fendant la presse ,
Sur offre de dix-huit denier....
« Bon ? les offrez-vous tout entier ?
Dit Margot faisant la grimace ,
Par ma foi , monsieur Boniface ,
Quand vous auriez quatre rabats ,
Y'là l'juppon, mais vous ne l'aurez pas
Vot' mantieau tombe par filandre !
Au lieu d'acheter , faut vous vendre.
T'nez , rapportez vous-en à nous :
A six blanc l'Abbé de deux sous !
Le veux-tu prendre, toi, Nicole ?
Qui, moi: je serois donc folle ;
Je perdrions moitié dessus ,
Françoise, et toi ?... Ni moi non plus ;
Tu le garderas toi , je parie ,
Moi ? je n'avons pas de ménagerie ;
Qu'en ferons-je donc ? Dame voi....
Vois toi-même, allons , parle.. Moi...
J'en fais un heurtoir * de grand'porte..
Et moi , que le diable l'emporte ,
Il en fera son aumôgnier. »

*Figure hideuse à laquelle est attaché le marteau

L'abbé, penaut comme un panier,
Dit : Vous êtes des Harangères ;
Finissez, trio de mégères....
« Ménagères ! quand je voulons,
Avec ses souliers sans talons !
Le v'là dans un bel équipage,
Pour parler de notre ménage !
C'est vrai ! quoiqu'il vient nous prê-
          cher ?
Ne t'avise pas d'approcher,
Car le diable me caracole,
Si je ne t'applique une gnole,
Qui tiendroit chaud à ton grouin,
Diable de perroquet à foin !
Mousquetaire des piquepuces !
Jardin à poux , grenier à puces !

Elles l'auroient mangé si on
N'eût remis la vacation
A deux heures de relevée.
Ce n'étoit-là qu'une corvée
Pour nos trois femelles. Aussi
En revanche, l'après-midi,
Maints effets elles achetèrent,
Puis chez-elles s'en retournèrent ;
Où leurs trois maris cependant,
Chopinoient en les attendant.

Les nippes sur la table posées,
Et les commères reposées,
Il fallut vuider, ou lotir,

Cela

Cela veut dire repartir ,
L'achat des meubles fait entr'elles ;
Bon sujet à bonnes querelles.
Margot déjà commence par
Sauter sur la meilleure part ;
C'étoit un rideau de fenêtre.
Tu laisseras ça là peut-être,
Dit Françoise, ou ben j'alions voir.
Nicole qui le veut avoir,
Aussi bien que ses deux Compagnes,
Dit : « Tu le vois et tu le magnes ;
Mais v'là qu'est ben, restes-en la....
Qui, toi? Chaudière à cervela !
S'te vieille allumette sans soufre !
Mon guieu! V'là qu'alle ouvre son
    gouffre !
Prenez-garde, all' va m'avaler....
Vas, tu fais ben de reculer,
Dit margot, contre ton chien d'homme
Car sans ça tiens tu varrois comme
J'équiperions ton cuir bouilli !
Cadave à moitié démoli !
Va poivrière de Saint-Côme,
Je me fiche de ton Jérôme. »
Alors sautant sur le rideau,
Elle en arrache un grand lambeau
Françoise , de son côté tire,
Et tire tant qu'elle déchire
Même portion que Margot ;
Nicole eut le troisième lot,

B

Non sans vouloir faire le diable ;
Mais Jean-Louis d'un air affable,
Voulant appaiser le débat,
Leur dit : « Saqueurgué, queu sabat !
Tiens, femme, agonise ta goule !
Crois-moi, milguieux, si t'étois soule,
J'dirois, hé ben ! c'est qu'alle a bu.
Finis donc : un chien qu'est mordu,
Mord lautre itout, coûte qui coûte ».
A ce conseil, Jérôme ajoute
Son avis, dit-il, écoutez.

» Pour un rien vous vous argottez.
Quoi qui vous met tant en colère ?
Des g'nilles ! V'là ce qui faut faire,
Faut les solir * cheux l'Tapissier,
Et puis partager le poussier. **

Copère, interrompt la Tulipe,
Je donnerois quasi ma pipe,
Pour être comme toi ch'nument
Retors dans le capablement ;
Tu dis ben, faut faire s'te vente ;
Et drès demain, dà, je m'en vante,
Ou ben moi je fiche à voyau,
Les pots, les chenets, le rideau,
Le lit, les femmes et la chambre. »
Lors tremblantes en chaque membre,
Elles firent ce qu'on voulut.
Hé puis, qui voulut boire, but.

* Vendre.   ** De l'argent.

CHANT IV.

Romains, qu'êtes-vous devenus ?
Vous à qui les mœurs, les vertus,
Servirent long-tems de parure.
Amis de la simple nature,
Le luxe, idole de Paris,
Etoit l'objet de vos mépris ;
Votre sagesse sans limite,
Ne mesuroit point le merite,
Au vain éclat de l'ornement ;
Et vous saviez également
Faire rougir ceux qui, sans place
Sans dignités, avoient l'audace
De ressembler, par leur éclat,
A ceux qui gouvernoient l'état.
Mais ici, qu'elle différence !
On n'estime que l'apparence ;
Et c'est ce qui cause l'abus
Des états, des rangs confondus ;
C'est ce qui cause que Françoise,
Pour avoir l'air d'une bourgeoise,
Vient de se donner un juppon
De satin rayé sur coton ;
Que Margot vient de faire emplette
D'une croix d'or, d'une grisette ;
Et que Nicole, en s'endettant,
Vient à peu près d'en faire autant.
Mais je les trouve pardonnables,
Leurs dépenses sont convenables,

Au motif de leur vanité,
Qu'on doit prendre du bon côté.
La noce de Manon-la-Gripe,
Propre nièce de la Tulipe,
Cousine de Jérôme; et puis,
Filleule enfin de Jean-Louis,
Merite bien que la famille,
Pour lui faire honneur, fringue et
        brille;
Mais avant les plaisirs fringuans;
On introduit chez les parens
Le futur avec la future,
Et l'on parle avant de conclure.

» Ma gniece, dit Françoise, hé bien,
Et vous, mon neveu (car vous serez
        le mien)
Vous vous mariez, ça me semble,
Pour afin d'être joints ensemble;
Ça nous fera ben de l'honneur,
Vous paroissez bon travayeur,
Et ma gnièce est une vivante,
Qui sait se magner... Ah! ma tante,
Vous avez ben de la bonté...
Non, foi de femme, en vérité,
Va, j'te connois, t'as du ménage,
Et c'est ce qu'il faut pour l'mariage.
Dame, quand t'auras des enfans,
Pour qu'ils soient honnêtes gens,
Devant eux faudra pas se battre,

Jurer, ni boire comme quatre,
Ni riboter aveuq s't'ici,
Pour faire enrager ton mari.
Tu m'entends ben, pas vrai?.. Sans
      doute,
Dit manon, et si je vous écoute,
Ma foi, c'est que je le veux bien,
Avec vos beaux sermons de chien,
S'emble-t'y pas qu'on vous ressemble?
Allez, quand on za peur on tremble...

Quoi, dit la tante, cul crotté,
T'as ben d'la glorieuseté !
Tu n'est qu'une petite gueuse !
Ta mère étoit une voleuse,
Et ton père un croc.. Parle donc.
Dit Margot, diable de guenon,
Défunts mon cousin, ma cousine,
Etions près de toi d'là farine,
Creuset à malédiction !
T'as donc l'enfer en pension
Dans ta chienne d'ame pourrie?
Vieille anguille de la voirie!
Guenipe... moi guenipe ! Moi !
Margot, mon petit cœur! bon pour toi;
Guenipe, est le nom qu'on te garde :
J'n'avons point de fille bâtarde;
Et flatte-toi qu'un souteneur
N'a pas trempé dans notre honneur;
Mouche-toi, va, car t'es morveuse!...

A ces mots, Margot furieuse,
Grinçant des dents, roulant les yeux,
Leve un poing; mais entr'elles deux
Nicole adroitement se jette,
« Allez, que le diable vous vergette, »
Leur dit-elle en les séparant,
Mais Margot, en se rapprochant,
Allonge et leve une main croche....
A mesure qu'elle s'approche;
Nicole en riant la retient :
« Margot, est-ce que ça convient
Un jour d'noce? c'est inutile,
Allons, r'mets-toi dans ton tranquille,
T'es brave femme, on sait ben ça. »
Ce mot de brave l'appaisa,
Même elle promit à Nicole
D'oublier tout et tint parole.
Sur le champ on vint avertir
Qu'il étoit heure de partir.
On partit, et la compagnie
A la belle Cérémonie
Assista très-dévotement.
Le Notaire et le Sacrement
Ayant autorisé la fille,
D'être femme et d'avoir famille,
Et George d'être son époux,
Toute la bande au Pont-au-Choux,
S'en va s'en prendre de carosse;
C'est pourtant le beau d'une noce
Mais quand le moyen est petit,

Et que l'on a grand appetit,
Il faut se passer d'équipage.
On arrive donc. Grand tapage,
Motivé par la bonne humeur,
Fait l'éloge de chaque acteur:
Sur la table une nappe grise,
Est à l'instant proprement mise,
Et bientôt après le couvert.
« Monsieux, j'avons faim. On les sert.
Les deux époux, selon l'usage,
Sont placés au plus haut étage.
Allons, Margot, tiens, passe, toi,
Moi? Quand t'auras passé.. Pourquoi?
Pourquoi! parce que t'es ia tante.
Jérôme qui s'impatiente,
Pour les faire cesser leur dit:
Morgué, tout ça se rafroidit,
Assisez-vous donc, queux magniéres!
Vous faut-il pas ben des prièies
Pour vous faire assir?. Mon guieu non,
Nous y v'là t'il pas?... Ah bon donc. »

On s'assied. Le vin, la bombance
Leur impose un joyeux silence;
Personne ne sert, chacun prend
Au plat, et chaque coup de dent
Est enfoncé jusqu'à la garde;
L'une se jette sur la barde,
L'autre sur le cochon de lait,
Tandis que d'un fort gras poulet,

Margot ne fait que trois bouchées,
Ses manchettes toutes tachées,
Par la graisse qu'on voit dessus,
Semblent des manchettes au jus.
Nicole à qui le gosier bouffe,
Dit : Varse à boire, car j'étouffe.
Hé, pargué dit Margot, prends-en
J'aim'rois autant être au carcan,
Qu'auprès de toi, car tu me soule....
Eh, va-t'en aux chiens, vilain moule,
As-tu pas peur qu'pendant s'temps-là,
On n'mange ton manger que v'là ?
Mais voyez s'te diable de gueule !
T'es bonne ; mais c'est pour toi seule,
Car tu sais la civilité
Comme un rien. A votre santé
Monsieux, Madame la Mariée ?...
Ben obligé. Ben obligée. »
Les de rechefs de tous côtés,
Sont à rasades ripostés :
Chacun crie à fendre la tête.
Françoise qui toujours est prête
A faire entendre son caquet,
Peut crier plus haut : un hoquet
Lui coupe soudain la parole.
Il redouble. » Oh , lui dit Nicole,
Ne nous dégueule pas au nez,
Toujours. Jérôme lui dit : « T'nez,
Pour qu'ça passe , buvez comère ,
C'est le droit du jeu... Hé ben, copère,

A cause d'ça trinquons nous deux,
Voulez-vous ? Pargué, si je le veux!
J'vous demande si ça s'demande ?
Puisque j'n'avons pus d'viande ,
Buvons d'autant. Hé , Jean-Louis ,
A boire. Buvons mes amis.
Ah ! dit Nicole , ça m'r'apele
Note Noce , alle étoit ben belle ,
T'en souviens-tu , Jean — Louis ?
        Qu'trop...
Qu'un diable t'emporte au galop ;
Que trop ! voyez ce vieux corcodille!
Ah l'beau meuble ! Quand j'étois fille,
Il v'noit cheux nous faire l'calin ;
T'es ben heureux , double vilain ,
D'mavoir , car sans ça la misère
Auroit été ta cuisinière. »
Au milieu du bruit qui se fait ,
La Tulipe avint son briquet ,
Le bat en allongeant sa lipe ,
Les écoute et fume sa pipe.
Nicole poursuit son aigreur ,
Son homme en rit de tout son cœur,
Ce rire insultant la désole.
« Ah ! tu ris donc ! ris , belle idole :
T'as raison , ris , oui , ris va chien;
Sur mon honneur , prends garde au
        tien...
Françoise dit , quoiqu'tut'tourmente,
Va , t'es ben impatientante

De v'nir comm'ça nous ahurir;
Finis…Moi ? je ne veux pas finir ;
Mais voyez un peu s'te Simone !
L'ordre me plaît ; mais quand je
    l'donne….
Oh , dit Jérôme, point de chagrin ,
Aussi ben vla monsieux crin crin. *
D'la joie ! Allons père la Fève ,
Raclez—nous ça. Chacun se lève
Et veut danser. Le couple heuréux ,
D'un air tristement amoureux ,
Demande un ménuet et danse
Parfaitement hors de cadense.
Le marié triplant le pas ,
Ne sait que faire de ses bras ;
Gestes , maintien , tout l'embarrasse.
Son épouse , avec même grace ,
D'un air légèrement balourd ,
Traîne le pied et tourne court.
Soit qu'elle fût timide ou fière ,
Elle n'osoit pas la première
A son danseur donner la main ;
Et même jusqu'au lendemain
Elle eût occupé le spectacle ,
Si sa tante , d'un ton d'oracle ,
N'eût dit : » ma gnièce l'aime long ;
C'est—il pour vous seule l'violon ?
Dame , c'est qu'vous n'avez qu'à dire?
Croyez—vous qu'jons des pieds de cire,

* Le violon.

A ces mots le couple interdit,
Finit pour faire place à huit.
Une joie épaisse et bruyante,
En les fatiguant les enchante.
Tout alloit bien ; quand des farcaux,
Sur l'oreille ayant leurs chapeaux,
Canne en main, cheveux en béquilles,
Entrent sans façons ; et les drilles
Dansent sans en être priés.
D'abord l'oncle des mariés
S'oppose à leur effronterie.
« Vous n'êtes pas d'la copagnie,
Dit-il, fichez l'camp sons fracas...
J'voulons danser...Ça ne sera pas ;
Paix l'violon..Moi, j'veux qu'il joue..
Si c'est vrai, que le diable me roue, »
Dit Jérôme, en gourmand l'un d'eux.
Celui-ci le prend aux cheveux
Jean-Louis arrache la canne
Du second. « Oh gueux, j'te trépanne !
Fli, flon. La Tulipe à l'instant,
Sans se gêner toujours fumant,
En saisit un à la cravate.
Le courroux des femmes éclate,
Leurs ongles, leurs dents et leurs cris,
Secondent leurs braves maris.
L'horreur s'empare de la salle ;
Et jamais, à noce infernale,
Il ne se fit un tel sabbat.
Enfin, dans le fort du combet,

Un coup lancé sur la tulipe,
En cent morceaux brise sa pipe ;
De douleur il s'évanouit.
Son vainqueur le croit mort, il fuit,
Aussi bien que ses camarades.
Françoise par ses embrassades,
Rappelle la Tulipe en vain ;
Il fallut dix verres de vin
Pour lui rendre la connoissance.
Il revient ; un morne silence,
de longs soupirs, des yeux distraits,
Avant-coureurs de ses regrets.
Expriment sa triste pensée.
« Ma pipe, dit-il est cassée !
Ma pipe est en bringue, mille guieux !
Je l'vois ben, oui, je l'vois d'mes yeux !
Quand j'pense comme alle étoit noire !
N'y pensons plus, il faut mieux boire...
Pour l'oublier il se soula,
Et la scène finit par là.

Fin de la Pipe Cassée.